w_orten
& meer

Dieser Band wurde umweltfreundlich gedruckt:
– auf 100% Recyclingpapier, FSC-zertifiziert mit dem Blauen Engel
– mit mineralölfreien Druckfarben ohne Isopropanol
– ohne Folie kaschiertes Cover
– uneingeschweißt

RECYCLED
Papier aus Recyclingmaterial
FSC® C105965
FSC www.fsc.org

Umfassende Nachhaltigkeit in Bezug auf natürliche Ressourcen und soziales Miteinander ist Verlagskonzept: Strom und Gas für das Büro beziehen wir über Green Planet Energy, wir reparieren, statt neu zu kaufen, unser Bürobedarf ist ökologisch, und wir versuchen alle Arbeitsprozesse möglichst fair zu gestalten. Wir setzen uns ein für ein wertschätzendes und ressourcenschonendes Sein in der Welt.

Hatice Açıkgöz
fancy immigrantin
ein poetisches tagebuch

1. Auflage, 2023
ISBN 978-3-945644-35-5

Umschlagillustration: Irem Kurt
Satz und Layout: bureau zanko
Druck: Oktoberdruck GmbH, Grenzgrabenstraße 4, 13053 Berlin

Verlag für verbindendes diskriminierungskritisches Handeln
Süderende 86, 18565 Insel Hiddensee
kontakt@wortenundmeer.net
www.wortenundmeer.net

Hatice Açıkgöz

fancy immigrantin
ein poetisches tagebuch

w_orten
& meer

dieses buch geht an zwei lehr:erinnen.

frau f. (ich wusste leider noch nie, wie sie mit vornamen heißt), meiner deutschlehrerin aus der fünften klasse, die mir sagte, ich könne gut schreiben, obwohl ich objektiv sagen kann, das texte von fünftkläss:lerinnen fast nie gut sind. die mir sagte, jura wäre nichts für mich und damit recht behalten sollte. ohne ihre worte hätte ich mir niemals ein notizbuch gekauft und tatsächlich angefangen zu schreiben.
danke frau f., das sie so früh potenzial gesehen und mich wieder und wieder dazu motiviert haben, mich zu verbessern.

christoph b., mein sowi-lk-lehrer, der dafür sorgte, das ich meinen kritischen blick noch schärfe und als erster verstand, das ich eigentlich eine abneigung gegenüber lyrik empfinde; der einmal einen text von t.c. boyle per mail rumschickte, der mich zum oktopus führte; der sich wünschte, ich könnte alles, was ich wie ein schwamm aufsauge, rauslassen.

here you go, herr b.

vorwort

hi. danke, das du dieses buch in die hand genommen hast und gerade diese worte liest. vielleicht bist du gerade in einer buchhandlung, auf einer messe, auf dem weg zur arbeit oder zu hause auf der couch. vielleicht liest du gerade im bett. wenn ja, verrate mir bitte, wie das geht, ohne einzuschlafen.
alles, was du gleich lesen wirst, ist sehr persönlich, immerhin ist das ein tagebuch. vor fünf jahren hätte ich mich sicherlich nicht getraut, irgendeine dieser erfahrungen zu teilen.

aber die zeit der stille ist vorbei; jetzt bin ich bereit zu schreien. auch wenn ich alles kleinschreibe, schreien diese texte. kann also sein, das du zwischen den texten zeit zum verarbeiten brauchst oder dir ohrstöpsel holen musst.

(hiermit also auch eine triggerwarnung: wenn du merkst, das du gerade nicht weiterlesen kannst, bin ich dir gar nicht böse. bitte nimm dir eine pause oder hol dir eine andere person dazu. du kannst mir auch gerne schreiben, wenn gerade kein mensch an deiner seite ist.)

---

in einem instagram-post schrieb ich vor nicht allzu langer zeit, das meine texte nicht politisch gelesen werden sollen. das nichts an ihnen politisch ist, sie nie politisch gemeint sind. sie nur politisch gelesen

werden, weil ich über rassismus schreibe und deutschland kritisiere. das ich, so wie *weiße* autor:innen, nur für fiktionale texte und aneinandergereihte worte beneidet werden möchte, die einen schönen klang haben.

aber hier mache ich eine ausnahme. dieses buch ist offiziell politisch. lies es also so. sortiere es in deine politische sammlung, schreibe in deine rezension, das frau açıkgöz' buch autobiografisch ist und sie ohne ihre mehrfache marginaliserung keinen dieser texte hätte schreiben können. lern bitte was. wäre mega von dir.

---

es gibt zum beispiel eine sache, die du lernen könntest: sprachliche veränderungen können zu politischen veränderungen führen. vielleicht inspiriert dieses buch menschen, die dafür verantwortlich sind asyl-anträge zu formulieren, diese verständlicher zu machen. vielleicht ändert sich etwas in der deutschen bürokratie und menschen wie meine mutter fühlen sich nicht ständig hilflos, weil sie unnötig komplexe wörter auf unnötig vielen formularen nicht entschlüsseln können. wie toll das wäre.

wenn dir also ungewöhnliche dinge in diesem buch auffallen, go with the flow. alles ist intentional.

---

nachdem lann das manuskript zum ersten mal gelesen hatte, hörte ich einen satz, der mich wachhielt: »dieses buch wird ein besonderes«. irem sagte mir, das sie dieses buch vor 10 jahren gebraucht hätte. imposter syndrom sagte mir etwas anderes. vielleicht findest du das buch auch ganz schrecklich und dich mit meinen erfahrungen zu identifizieren fällt dir schwer.

aber lann hatte recht. diese texte sind besonders. besonders echt, besonders traurig, besonders wahr, besonders erschreckend, besonders befreiend.

besonders politisch.

danke lann. danke irem.

ein paar definitionen fürs verständnis

fancy
/'fænsi/
adjektiv, bildungssprachlich
bedeutung:
modern, (oft) migrationshintergründig, allys
beispiele:
hatice ist eine fancy immigrantin.
das dantel auf deinem fernseher ist besonders fancy!
du hast ja wieder deine fancy alufolie mit dem dürüm dabei!
lecker!

basic
/'beɪsɪk/
adjektiv, standardsprachlich
bedeutung:
simpel, sich der dominanzgesellschaft anpassend, *farben*blind
beispiele:
die afd ist basic.
polizist:innen und politik:erinnen, die hanau einen einzelfall
nennen, sind basic.
das ihr so wenige queers, frauen und pocs eingestellt habt,
ist echt basic.

1993

das immigrantinnen museum

ich weiß nicht, wie es dir geht
aber in museen fühl ich mich oft
einfach lost

ich schaue auf ein gemälde
lese mir durch, was auf der infotafel steht
mache ein foto
und gehe weiter zum nächsten

während ich weggehe, frage ich mich
und jetzt?
wie hat das ansehen dieses bildes mein leben bereichert?

viel mehr würde ich mir ein persönliches museum wünschen

---

ich würde gerne sehen
was meine mutter anhatte, als sie das erste mal in einem flugzeug saß
ich würde gerne sehen
was sie aus ihrem kleinen dorf mit in das große deutschland genommen hat
was ihr damals wichtig war
was sie alles zurückgelassen hat

ich hätte gerne ein foto
von ihrem blick
als sie aus dem flugzeug stieg
den ersten schritt in ihr neues leben machte
auf der tafel möchte ich lesen
was sie damals dachte

ich möchte eine wand voll fotos
von frauen und ihrem ersten schritt
ins deutsche land
ihre gedanken
ihre outfits

---

ich möchte kein museum der schuld mehr besuchen
kein museum, das nur als entschuldigung dient
für frühere taten des schwarz-rot-gold

stattdessen
wünsche ich mir
eine feier
für die menschen
die einst nur durch ein abkommen
in diesem exklusiven club
toleriert wurden

ich wünsche mir
das wir als teil
dieses landes gesehen werden
integration
auch einmal von basics stattfindet

denn als diese beziehung entstand
wart auch ihr verantwortlich
verantwortlich für uns
verantwortlich für unsere sicherheit
verantwortlich für unsere kinder

aber mit den jahren
habt ihr das anscheinend vergessen

---

gäbe es solch ein museum
könnte ich mich endlich frei bewegen
frei von dem gefühl
intellektueller inkompetenz

und wissen, das jedes bild
die geschichte weiterer
fancy immigrantinnen erzählt

germanische kulturübernahme

manchmal denke ich
ihr als basics
wisst, was ihr tut
wenn ihr mir sagt
ich wäre eine gute immigrantin

ihr übernehmt ab jetzt für mich das türkisch-sein
ihr benutzt worte, deren bedeutung euch nicht bewusst ist

und indem ihr meine kultur für euch beansprucht
ist sie für mich nicht mehr greifbar
ich bleibe kulturlos zurück

denn richtige deutsche bin ich nicht
und das türkisch-sein habt ihr mir genommen

was bleibt da von einem menschen noch übrig?

aber maşallah
seid ihr gut darin
anderen ihrer kultur zu berauben
und jedes mal davonzukommen

kanake, geh zurück wo du hergekommen bist, klau du schwarzkopf nicht unsere wertvolle arbeit, mach nur unsere drecksarbeit, die wir nicht machen wollen, putz unsere klos, mach unseren scheiß weg, du bist weniger wert, du dreckshure, geh zurück, wo du hergekommen bist, aber hilf uns vorher unser land auf vordermann zu bringen, mach dich nützlich und heul nicht rum, wenn ich etwas auf den boden werfe, heb es auf, dafür bist du ja da, du kannst froh sein, das du hier sein darfst im land, wo träume wirklichkeit werden und deine kinder eine richtige bildung bekommen, du kannst froh sein, das wir dich nicht zerstückeln und anspucken, geh da arbeiten, wo sich männer an dir aufgeilen können, nur dafür bist du gut, denk ja nicht, das du so bist wie wir, du bist weniger wert, aber dein essen nehmen wir gern, bauen es in unsere basic restaurants ein und machen geld damit, deine klamotten nehmen wir gern und verkleiden uns an karneval in euren komischen kostümen, weil es lustig ist, hab keine träume, hier schaffst du es ja eh nicht, das hier ist alles nicht für dich, der kuchen gehört uns und wir geben dir nichts ab, an dem tisch sitzen nur wir und bilde dir bloß nie ein, das du jemals bei uns sitzen darfst, wir treffen die entscheidungen und du kanake bist nicht schlau genug, um über basic wissen zu verfügen

ihr fancys seid so unzivilisiert

2003

die frau am zaun

als ich in den sommerferien
meine familie in der türkei besuchte
erlebte ich das erste mal
einen kultur-schock

und schuld war die frau am zaun

---

sie stand einfach da
auf einmal
und fragte nach wasser

ich kannte sie nicht
und war mir unsicher
was zu tun ist

denn in deutschland wurde mir beigebracht
den menschen zu misstrauen
das mir jed:er nur schlechtes will
und das *stranger danger* real ist

---

ich sah meine oma an
sie zeigte nur auf den kleinen wasserspeicher

ich lief zum tank
und legte wasser in eine schale
die frau bedankte sich
und trank
danach ging sie wieder ihres weges

dies passierte mit diversen fremden
die auf ihrem weg
nur
hunger oder durst empfanden

meine türkischen verwandten
fragten nie nach namen
oder
versteckten absichten

sie sahen nur menschen
die hilfe brauchten
und zögerten nicht

das war mein kultur-schock

ich war
geschockt, das es menschen gab
die anderen einfach trauten
geschockt, wie viel misstrauen
in mir steckte
und geschockt, wie die fremden
die geschenke meiner verwandten
ohne bedenken annahmen

und schuld war die frau am zaun

fancy schmancy immigrants

als ich jünger war
hatte meine mutter einen speziellen raum
den *fancy* raum
kein:er durfte ihn betreten

er war exklusiv
denn er musste sauber bleiben
sauber für gäste
damit sie uns nicht für schmutzfinken hielten
damit wir ihre sicht auf uns lenken konnten
damit sie, wenn sie heim gingen
sagten

wow
diese familie ist so sauber

denn sauberkeit hat macht und
schmutz bedeutet armut

---

als ich bei meinen deutschen freund:innen war
hatten sie keinen fancy raum
sie nutzten jedes zimmer

fand ich ganz komisch
und vielleicht lachst du jetzt
wenn du das liest
vielleicht bist auch du ohne fancy aufgewachsen

ohne
ein zimmer
in dem ein wunsch
eine fantasie
einen platz finden kann

---

vielleicht kennst du das nicht
weil du ein privileg hattest

was andere über dich dachten
konnte dir schon immer egal sein
du hattest die erlaubnis von
allen ohne fancy zimmer
du selbst zu sein

wir sollten uns
integrieren

---

also beschloss meine mutter
den raum aufzugeben

denn aufgeben
führt zur vervollständigung
wir sollten eine einheit herstellen
mit euch

fancy passte da nicht mehr rein

---

bis heute frage ich mich
warum deutsch-sein
so exklusiv ist

wie integration funktionieren soll
wenn nur wir fancys
etwas aufgeben

warum basics
nicht wenigstens
ihre türen weit öffnen
damit wir sehen können
wie
richtige deutsche
leben

---

in meiner wohnung
habe ich kein fancy zimmer

ich habe gelernt
meinen dreck zu zelebrieren

denn dreck bedeutet akzeptanz
und sauberkeit auslöschung

behaartice

als ich noch jünger war
bemerkte ich das erste mal härchen auf meiner oberlippe
sie war viel behaarter
als die oberlippe der anderen mädchen in meiner klasse

ich wurde von mitschül:erinnen gefragt
warum
bei mir so viel wächst
und bei ihnen so wenig

lag es tatsächlich an den türkischen genen?
meine mutter hatte sehr wenige haare am gesamten körper
woher kamen dann meine?

---

ich sah die beine und oberlippen meiner brüder an
und fragte mich, wie viel freiheit ich wohl noch aufgeben muss
um als anständige frau zu gelten

ich fragte mich, warum ich unbedingt
als *saubere* person wahrgenommen werden wollte

weil meine dunklen haare auf den beinen
auch meine haut dunkler machen
oder weil frauen am besten
wie ein kleines kind aussehen sollen?

bin ich erst sauber
wenn meine haut rein von dunkelheit ist?
bin ich erst sauber
wenn meine beine vor der rasur
aussehen wie in einer werbung für rasierer?

fucked up, irgendwie
das wir da alle einfach mitmachen
das ich mich ohne rasierte beine, vagina und achselhöhlen
nicht wohl fühlen kann

---

ich scrolle auf instagram und sehe frauen
die ihre behaarten beine
und achselhöhlen in die kamera halten

in ihrem nächsten post
liegen sie am strand
und laden ein foto glattrasierter beine hoch

---

wenn ich unter der dusche stehe
entscheide ich mich nun manchmal für
und manchmal gegen den rasierer

ich mache es all den menschen auf insta nach
indem ich tue
was ich will

denn was ist freiheit
wenn ein behaarter mensch
nicht mehr in das gesellschaftliche konzept
persönlicher unabhängigkeit passt

zwischen anna und ayşe

als ich in der dritten klasse war
schlug ich einen jungen nieder
nicht doll
aber doll genug, das dieser umfiel

er hatte sich über meinen namen lustig gemacht
war beliebt und stachelte die anderen an
ebenso wie er
die buchstaben meines namens zu verdrehen
mich nicht mehr hatice
sondern nur noch hatchi zu nennen

natürlich hab ich großen ärger bekommen
von meiner mutter
gewalt sei wohl nie die lösung
aber sie wusste nicht so ganz
wie oft dieser typ mich schon erniedrigt hatte
wie oft er schon meine gefühle verletzt hatte

sie sagte mir
es sei nur ein witz
und das ich lernen müsse damit umzugehen
wenn andere sich über uns lustig machen
ich sollte lernen nicht so sensibel zu sein

---

ich versuchte ihren rat anzunehmen
aber mein name kam mir immer öfter in die quere

bevor lehr:erinnen die anwesenheit überprüften
warnten sie uns immer
das sie einige namen nicht korrekt aussprechen werden

wenn ich neue leute kennenlernte, wurde ich immer gefragt
wo *genau* ich denn herkam

auf der arbeit musste ich jeden tag erklären
wie mein nachname ausgesprochen wird
war er zu kompliziert für die deutschen münder
wurde er einfach ignoriert

---

also verspach ich mir selbst etwas
ich sagte:

hatice
sobald du volljährig bist
änderst du deinen namen
und heiratest einen schmidt
dann macht sich kein mensch mehr über
dich lustig

du wirst dann nur noch blaue
kontaktlinsen tragen
damit das braun in vergessenheit gerät
die haare färbst du blond
und die sonne meidest du
dann gehörst du endlich dazu

---

als kind nahm ich an
das wäre die einzige möglichkeit
nicht mehr zwischen deutschland und türkei
sondern nur noch in einer heimat zu leben

alles was es brauchte
war die komplette auslöschung
meiner identität

---

wenn mir heute eine person sagt
das mein name wie ein nieser klingt
bedanke ich mich
und lache mit

ich lache
über den jungen
der mich damals so wütend gemacht hat

ich lache
über die absurde vorstellung
von mir mit blauen augen
und blonden haaren

ich lache
über das kind
das dachte, es würde jemals die erlaubnis bekommen
es selbst zu sein

---

denn was ist kulturelle vielfalt
wenn nicht eine fata morgana
im land der diversität

hatice hat schiefe zähne.
hatices haare sehen aus wie die einer hexe.
hatice hat eine große nase.
hatice ist dreckig.
hatice hat zu viele haare an ihrem körper.
hatice hat einen bart.
hatice ist hässlich.
hatice kann froh sein, wenn jemals ein junge sie mag.
hatice redet nie.
hatice sieht immer müde aus.
hatice kann froh sein, das sie mit uns befreundet sein darf.
hatice kann froh sein, das wir sie nicht als letzte in
unser sportteam gewählt haben.
hatice ist ein streber.
hatice würde alles für gute noten tun.
hatice ist ein feminazi.
hatice nervt mit ihrem klima- und vegan-gelaber.
hatice ist merkwürdig.
hatice hat keine ahnung, was gerade angesagt ist und
was nicht.
hatice weint zu viel.
hatice hat eigentlich nichts in der birne.
hatice hat nie spaß.
hatice ist ein social justice warrior.

a new generation

immer wenn ich in den spiegel schaue
sehe ich die reflexion anderer personen
nie bin es ich
die zurückstarrt

immer wieder sehe ich nur sie

die haut meiner mutter
die nase meines vaters
die augen meiner oma

---

ich sehe
die jahrelange unterdrückung durch das patriarchat
frauen die sich gegenseitig kritisieren
statt ihren söhnen beizubringen
feministisch zu sein

ich sehe
zerbrochene menschen
die all ihre mentalen probleme
nicht zugeben können

ich sehe
eine zerissene familie
fast schon so zerissen
wie meine trockene haut

und in diesen kleinen, zerissenen falten
erkenne ich mich dann doch wieder

---

und vielleicht bin ich es
bin *ich* die person

die person, die erklärt
die person, die therapiert
die person, die unterdrückung aufbricht

wouldn't that be something.

fancy alufolie

als in der schule die pause anfing
holten alle ihre brotdosen raus
beschämt griff auch ich in meine tasche
und packte mein börek
aus der alufolie aus

ich versuchte es heimlich zu machen
versuchte die geräusche der folie zu unterdrücken
damit kein:er sah
das ich keine brotdose besaß

---

irgendwann erfuhr meine mutter
von meiner scham

wahrscheinlich als ich anfing
dosen, die meine schwester von der arbeit
aus dem restaurant mitbrachte
auszuwaschen
damit es aussah
als hätte auch ich eine brotdose

damit es aussah
als hätte auch ich genug geld übrig
um eine frivolität zu kaufen
die eigentlich nicht nötig ist

---

meine mutter fing auch an
die dosen aufzubewahren
kramte 20 jahre alte tupperware aus dem keller hervor
und schenkte sie mir

während ich versuchte die scham über armut zu verstecken
dachte sie an das, was ihr die basics immer sagten:
du arbeitest nicht genug

---

wenn ich heute ins büro fahre
wickle ich mein brot
in alufolie
obwohl ich etliche frischhaltedosen besitze

denn was ist schon fancy
wenn es nicht durch glitzernde folie
akzentuiert wird

2008

deutschland gave me trust issues

als ich 13 war, wurde meiner mathelehrerin das lösungsbuch geklaut. sie nahm an, nur ich konnte die diebin gewesen sein. sie bat mich und eine meiner türkischen freundinnen darum, nach der stunde für ein gespräch unter 6 augen zu bleiben. anscheinend hatte ich meine freundin *wissend* angeguckt, als sie die klasse fragte, welches kind etwas über den diebstahl wisse.

als ich 14 war, sprach ich mit meinen türkischen freundinnen türkisch auf dem schulgelände. wir unterhielten uns über eine serie, die man nur auf einem türkischen sender sehen konnte. ein paar klassenkamerad:innen beobachteten uns dabei.

später wurde in einer ansage der klassenlehrerin übermittelt, das auf dem schulgelände nur noch deutsch gesprochen werden dürfe. noch später wurde diese neue regel von der schulleitung offiziell eingeführt. anscheinend fühlten sich die mitschül:erinnen ausgeschlossen von unserer sprache. noch viel später dachten sie sich eine geheime sprache aus, in die alle außer mir und mein freundinnenkreis eingeweiht wurden. eine ansage dazu blieb aus. anscheinend hat auch ausgrenzung grenzen.

als ich 15 war und mir mal die oberlippenhaare rasierte, tat ich mir weh und es entstand eine sichtbare narbe. natürlich machten sich meine klassenkamerad:innen über mich lustig. eine person fragte, warum ich überhaupt versuchte meine oberlippenhaare wegzurasieren. eine andere person antwortete, das mir als türkin doch so viele haare wachsen würden; weil das bei türk:innen doch normal ist.

als ich 16 war und der valentinstag kurz bevorstand, wurden rosen in der schule verteilt. ich bekam meine von einer freundin geschenkt. eine mitschülerin fragte mich, von welcher person die rose sei. sie zählte alle namen auf, die sie sich vorstellen konnte: ahmed, mohammed, ali, cihan, ömer.

als ich 17 war, schrieb mir ein junge auf facebook, das er mich hübsch fände. als ich ihn kennenlernte, merkte ich immer mehr, wie ich das bild einer perfekten orientalischen, zugleich modernen frau für ihn erfüllte. ich sah mir auf instagram an, welchen menschen er folgte. ich fand einige meiner freundinnen und andere mädels, die aussahen wie ich. als er in den urlaub nach marokko flog, schrieb er mir, das es ihm wegen der auswahl an frauen sehr gefallen habe.

als ich 18 war, sagte mein deutschlehrer mir, das ich mich nicht einfach von meinen eltern verheiraten lassen solle; weil ich etwas besonderes sei.

rückblickend frage ich mich, warum meine mathelehrerin sofort mich beschuldigt hat und ich sowieso die ganze zeit beobachtet wurde, weswegen sie sich meines schuldigen blickes so sicher war.

rückblickend frage ich mich, warum auch ausgedachte sprachen nicht verboten waren. warum nur wir, die türk:innen ausgeschlossen wurden; und warum das in ordnung war.

rückblickend frage ich mich, woher dieses türk:innen-bedeutet-haarig-denken stammt.

rückblickend frage ich mich, ob die person, die mich fragte, von wem die rose sei, annahm, kulturen dürfen sich nicht mischen. vielleicht war sie einfach etwas ignorant anzunehmen, kein mensch anderer communitys könnte sich jemals in mich verlieben.

rückblickend frage ich mich, ob der junge, der mir schrieb, weiß, das er frauen eines gewissen looks fetischisiert. oder ob er annimmt, diese frauen seien einfach sein »typ«.

rückblickend frage ich mich, ob alle älteren männer nur witzig sein wollen und deswegen klischees bedienen. vielleicht ist das nur boomer-humor. vielleicht ist es aber auch verletzend, anzunehmen, das alle frauen in meiner kultur von ihren eltern verkauft werden.

übrigens:
die mathelehrerin fand ihr lösungsbuch irgendwo bei sich zu hause. die ausgedachte sprache war sehr leicht zu entziffern. oberlippenhaare habe ich immer noch und wenn sie sichtbar sind, ist es mir egal. mittlerweile haben sich auch personen anderer communitys in mich verguckt. mit dem fetisch-mann bin ich immer noch befreundet. und verheiraten lassen habe ich mich nicht.

deutschland: du hast mein vertrauen verloren.

hatice ist keine richtige türkin

als ich in der fünften klasse war
hatte ich nur türkische und arabische freundinnen

es war schön auf dem schulhof andere sprachen zu hören
sich über serien oder musik unserer kulturen auszutauschen
es fühlte sich schon fast geheim an
kein:e ande:rer aus unserer hauptsächlich
deutsch-*w*eißen klasse
verstand uns wirklich

---

am ende eines bestimmten fastenmonats
fand wie immer *bayram* statt
und meine freundinnen kamen auf mich zu

sie fragten mich, ob ich überhaupt wisse
welcher tag heute sei
mir fiel es auf einmal ein
und ich wünschte ihnen einen schönen feiertag

sie lachten mich aus
wie konnte ich so etwas nur vergessen
aber die eine freundin sagte schließlich zur anderen

hatice weiß sowas nicht
sie ist keine richtige türkin

---

diese aussage begegnete mir immer wieder
im türkeiurlaub bei verwandten
war ich die deutsche
im *w*eißen klassenzimmer
war ich die integrierte
und in meiner familie
war ich das schwarze, nicht-religiös-genuge schaf

---

irgendwann weitete sich die aussage aus
meine freundinnen gingen alle in die moschee
beteten fünfmal täglich
fasteten
und zeigten mir immer wieder
wie unzureichend ich als muslima war

sie fragten mich, ob ich auch nur ein einziges gebet kennen würde
ob ich wüsste, *warum* wir fasten
ob ich den koran überhaupt gelesen hätte
und ich begann an meiner religiosität zu zweifeln

also gab ich es einfach auf
hörte auf zu beten
zu fasten
mich zu vergleichen
gab einfach zu
das ich unsere feiertage nicht kenne
gebete nicht kenne
der koran mich nicht interessiert
ich keine richtige muslima bin

denn was ist glaube
wenn nicht ein selbstbestimmtes gefühl
als die äußere bestätigung anderer

freund & helfer

als ich jünger war, kam uns die polizei oft besuchen
jedes mal standen sie vor unserer tür
mit einem walkie-talkie für große
und trugen einen gürtel voller waffen
meistens kamen sie wegen unserer eltern
die sich oft laut unterhielten

die nachbar:innen hörten lautes geschrei
hände, die auf häute aufprallten
und wahrscheinlich mein geheule

---

die polizei klopfte an unserer tür
meine mutter schnappte sich schnell make-up und concealer
um zu verdecken, was gerade geschehen war
ich rannte rauf in mein zimmer
und hörte den erwachsenen beim lügen zu

als sie weg waren
wurde mein vater noch böser
darüber, das wir laut waren
wenn wir hätten viel lauter sein sollen

---

so etwas wiederholte sich in vielen nächten
mein vater, der zeigen wollte
das er dominanz besaß
meine mutter, die darauf aufmerksam gemacht wurde
das sie als seine frau kein eigenes leben mehr haben kann

---

als sich meine eltern endlich scheiden ließen
und ihr gebrüll nur noch
im bürokratischen ton
zahlreicher briefe ihrer anwält:innen stattfand
stand er eines tages vor unserer tür
und nahm meine schwester mit

dieses mal rief ich die polizei
aber die kam nicht
dafür kam meine mutter
wir gingen gemeinsam zur wache
und ich beobachtete, wie sie in gebrochenem deutsch
zwei polizisten erklärte, was passiert war

der eine starrte auf seinen desktop
der andere nur in ihren ausschnitt

also sind wir alleine zu meinem vater gefahren
und haben meine schwester wieder mitgenommen
ich klingelte an seiner tür und imitierte seine aggression

ich tat so als hätte ich keine angst
und heute habe ich das auch nicht mehr

---

männer wie mein vater
haben keine qualitäten außer ihrer bereitschaft zur gewalt

aber gewalt ist temporär
ein zeichen von
schwäche

und meine wunden sind verheilt

die richterin und der regenschirm

irgendwann kam der letzte gerichtstermin meiner eltern. ich wurde als zeugin dazubestellt. in der schule dachten alle, das ich etwas kriminelles beobachtet hätte und deswegen als zeugin bestellt wurde. das es nur um die scheidung meiner eltern ging, war mir zu peinlich, um es zuzugeben.
ich nahm einen großen regenschirm mit, weil ich mich unsicher fühlte meinen vater und die polizei in einem gebäude anzutreffen. ich wollte mich irgendwie schützen.
als mich dann die richterin aufrief und ich meine aussage machen sollte, ging ich mit dem regenschirm an meinem vater vorbei. er packte mich und schrie mir ins gesicht. die polizisten standen nur da und taten nichts. ich zeigte mit dem regenschirm auf ihn, als wäre er eine waffe. er ließ los und ich ging mit dem regenschirm erhoben in den saal.

die richterin sah mich überrascht an, als ich den regenschirm auf dem tisch liegen ließ und mich nahezu an ihn klammerte. als sie mich fragte, warum ich ihn festhielt, erklärte ich ihr, das ich mich nicht sicher fühlte. sie versicherte mir, das dieses gebäude voller polizei wäre und ich geschützt werde. ich schilderte, was gerade passiert war und sie sah mich erschrocken an.

ich war überrascht wie wenig diese erwachsene person über das nicht-handeln der polizei wusste. vielleicht wollte sie es auch einfach nicht wissen. vielleicht halfen ihr die blonden haare und die helle haut beim wegschauen.

als meine mutter aus dem saal kam, umarmte sie mich. es sollte eigentlich noch weitere termine geben, aber die richterin machte nach unserem gespräch kurzen prozess. sie konnte sich wohl nicht erklären, was mein vater getan haben musste, um ein kind so sehr zu verschrecken. sie konnte sich auch nicht erklären, wie sehr ich mich von dem deutschen justizsystem im stich gelassen fühlte.

kopftuchmädchen

als ich in der achten klasse
ein praktikum bei einem anwalt absolvierte
fragte er mich
warum ich kein kopftuch tragen würde
ich wusste nicht so recht, was ich antworten sollte
also sagte ich die wahrheit

er war so einer
der meinte, meine kultur viel besser zu kennen als ich
belehrte mich darüber
das im koran auch gar nichts darüber stand
eines tragen zu müssen
er habe viele muslimische klient:innen
und kenne sich deswegen damit aus

ich nickte und lächelte nur
verstand nicht, warum basics sensible themen aus dem nichts ansprachen
und dann meinten mehr darüber zu wissen
als ein fancy

als das praktikum vorbei war
stürmte ich aus der kanzlei
und atmete endlich aus

damals dachte ich
das mir *diese* kanzlei nicht gefallen hatte
aber heute weiß ich
es war der basic
der nur mir die schweren aufgaben gab
die anderen beiden praktis saßen den ganzen tag nur in der küche
und plauderten mit seiner sektretärin

mich hingegen wollte er arbeiten sehen
mit mir wollte er diskussionen über seine fälle führen
mich nahm er mit zu gerichtsverhandlungen

damals dachte ich
es sei ein großes kompliment
er wusste immerhin, das auch ich jura studieren wollte

heute sehe ich es anders

---

er wusste, in welcher prekären lage sich meine familie befand
wusste um unsere armut bescheid
und wie mein leben bisher ausgesehen hatte

er wollte dem armen türkischen mädchen
ein paar sorgenfreie tage bescheren
die arbeit sollte mich motivieren
damit ich meine familie aus unserer lage befreie

denn was ist ein white savior
wenn nicht ein ehrenabzeichen-sammler
ein basic retter in fancy not

fanciestes fancy zimmer

als meine mutter
ein zweites mal einen
schrecklichen mann heiratete
besuchten wir seine schwester des öfteren

sie war eine nette frau
herzlich und
lud uns oft zum essen ein

einmal die woche
fuhren wir zu fünft
achtzig kilometer
um sie zu sehen

---

sie lebte in einer kleinen wohnung
mit drei kindern
etlichen alten möbeln
und ohne ordentliche heizung

sie hielt einen teil der wohnung
mit einem boiler warm
trotzdem fror ich meistens
wenn wir da waren

irgendwann bemerkte ich
das auch sie einen fancy raum hatte
und betrat ihn

was ich sah
war schockierend

ich sah
keine kaputten möbel
wie die alten schränke in ihrer küche
keine kleine couch
wie die, auf der wir zusammengepfercht saßen
einen riesigen tisch zum essen
sie selbst aß ausnahmslos
immer auf dem boden ihres wohnzimmers

das einzige problem an diesem zimmer war
das es das kälteste war
also ließ sie uns nie dort sitzen
obwohl es ihr fancy zimmer war
für ihre gäste

auf dem weg zurück nach hause
fragte ich mich
warum das ganze?

warum ein zimmer
das man aufgrund der temperatur nicht nutzen kann
so fancy gestalten
warum es täglich putzen
wenn es auch für gäst:innen unbrauchbar ist

aber ich denke, ich habe verstanden

---

es ging ihr nie um fancy oder basic
es ging um die fantasie
das sie schönes besteck besitzen kann
auch wenn sie es nie nutzt
das sie eine große couch kaufen kann
auch wenn sie nie auf ihr sitzt
das sie teil des fancy-clans ist
auch wenn sie sich ausgeschlossen fühlt

---

heute sehe ich sie nicht mehr
ich weiß auch nicht, ob sie noch lebt
aber ich weiß
das wir fancys alle versuchen
unsere armut zu verstecken
sei es der mangel an geld
oder der mangel an zugehörigkeit

denn was ist armut
wenn nicht der kümmerliche luxus
eines fancy zimmers

2014

was ist asi?

als abitur anstand
und eine mottowoche an meiner schule organisiert wurde
war eines der themen
asi

ich erfuhr
das einige meiner klassenkamerad:innen
extra für dieses thema shoppen waren

ich hingegen schaute einfach in meinen kleiderschrank
und zog jedes teil heraus
was schon einmal als asi bezeichnet wurde

---

wie unkreativ wir waren
alle hatten sich die gleichen inspirationen ausgesucht

schulsachen in einer aldi-plastik-tüte verstaut
bärte und zusammengewachsene augenbrauen aufgemalt
eisblaue lider geschminkt
roten lippenstift auf den zähnen verschmiert

auch ich beteiligte mich an diesen klischees
und der jämmerliche stolz überkam mich erneut

später sagte mir eine lehrerin
das mein oberteil besonders asi aussah
es kam aus der türkei
und gehörte meiner mutter
und als ich wieder nach hause kam
schmiss ich es in den müll
ohne ihr zu sagen warum

---

manchmal gucke ich mir die alten fotos in der abizeitung noch an
und erst jetzt erkenne ich sie
eine schar von menschen
die sich von armut hat inspirieren lassen
denn das ist asi

eine schar von menschen
die sich von immigrant:innen hat inspirieren lassen
denn die sind asi

eine schar von menschen
die sich an mikroagressionen, rassismus
und dem reproduzieren von klischees beteiligt
um witzig zu sein
um dazuzugehören

---

könnte ich zurückreisen
und die mottowoche noch einmal gestalten
würde ich das thema umbenennen

nicht asi
sondern
unterdrückte kulturen
und
marginalisierte gesellschaftsgruppen

---

wahrscheinlich würden sich unsere verkleidungen nicht verändern
schulsachen hätten wir in einer aldi-plastik-tüte verstaut
weil wir uns keinen rucksack leisten können
bärte und zusammengewachsene augenbrauen aufgemalt
weil behaarung an sichtbaren stellen akzeptabel sein sollte
eisblaue lider geschminkt
roten lippenstift auf den zähnen verschmiert
um das gefühl von luxus und schönheit für kurze zeit zu imitieren

vielleicht wäre uns mit solch einem motto endlich aufgefallen
was *wirklich* asi ist
denn an diesem tag
waren es wir

p.s.:
wir hatten auch einen tag, an dem wir uns alle als horrorfiguren verkleideten. ich verkleidete mich voll originell als zombie. ich malte mir eine kaputte nase auf und narben ins gesicht. hätte ich das geld gehabt, hätte ich mir auch kontaktlinsen reingesetzt.
andere haben ähnliches gemacht:
wir imitierten verstümmelungen, bewegten uns langsam oder humpelten in die klassenräume.

mal wieder waren wir unkreativ. mal wieder waren wir hauptsächlich von hollywood und westlichem horror inspiriert.
kein:er von uns dachte an menschen mit behinderungen, an körperlich sichtbaren einschränkungen. wieder haben wir nicht nachgedacht. dabei machten wir doch gerade diesen abschluss und sollten die zukunft sein. dabei waren wir doch alle so schlau.

wahrscheinlich denkt keine andere person meines jahrgangs mehr an diese mottowoche zurück. aber ich denke immer wieder daran. denn diese tage machten mir meine eigenen unzulänglichkeiten und -ismen erst bewusst.

türkischer hüftspeck

als wir im türkeiurlaub waren
sah ich wie meine tante von unserem picknickort
zurück in das haus lief
um eine wassermelone zu holen
die uns an einem heißen tag abkühlen sollte

meine mutter sah ihr hinterher
und machte einen witz über ihren breiten po
ihren türkischen hüftspeck

auch die anderen lachten mit
und als ich hörte
wie sogar ihr ehemann eine furchtbare bemerkung machte
aß ich den rest des aufenthalts fast nichts mehr

---

vor anderen zu essen war nun peinlich
vor anderen hunger zu gestehen schwach
vor anderen haut zu zeigen mutig

immer mehr achtete ich auf schlankere menschen
beneidete dünne arme
und flache brüste
ich fragte mich
nach dem unterschied
zwischen deutschem und türkischem hüftspeck

aber auch meine deutschen mitschül:erinnen
sprachen davon burger abzutrainieren
diäten zu machen
oder beneideten meine dünnen beine

---

da wurde es mir klar

werden wir als fett bezeichnet
sagt das nichts darüber aus
wie viel wir wiegen

eine fette person
ist eine ganz bestimmte sorte
eine faule
eine unmotivierte
eine hässlich-aussehende

das ist das erste
woran wir denken

und all diese eigenschaften
so wurde uns immer eingeredet
seien nicht erstrebenswert

und vielleicht war uns das klar
schon in jungen jahren
und wir haben uns einfach nicht getraut
zu unserem fett zu stehen

---

aber was ist hüftspeck
wenn nicht ein generationenübergreifendes kulturgut
welches wir alle zelebrieren sollten

fancy & queer

als ich mit meiner mutter, meiner schwester und meinem bruder
vor dem fernseher sitze
und sich zwei männer in der serie küssen
äußern alle drei geräusche des ekels
ich sehe sie an
und frage, warum sie diese liebe
eklig finden

meine mutter sagt
weil es unnatürlich ist
meine schwester sagt
weil es nicht normal ist
mein bruder sagt
weil es männer sind

---

immer wieder höre ich ihre äußerungen
wenn zwei frauen auf der straße händchen halten
wenn menschen im fernsehen sagen, sie identifizieren sich mit
keinem der geschlechter
wenn aus mann frau wird oder aus frau mann

immer wieder höre ich die geräusche des ekels aus den mündern
meiner familie
und schäme mich
zu ihnen zu gehören

vielleicht habe ich deswegen eine obsession mit der *lgbtqia+*
community entwickelt
vielleicht will ich mit den unzähligen büchern, die ich kaufe
die äußerungen meiner familie wieder gutmachen
aber vielleicht hat es auch einen anderen grund

---

ein buchstabe im begriff *lgbtqia* beschreibt mich
ich habe es aber die ganze zeit nicht bemerkt
und jede aussage war ein stich gegen mich
jedes geräusch eine anwiderung mir gegenüber
was meinten sie wirklich, als sie mich als alien
oder hexe bezeichneten?

---

ich mache einen test im internet um ganz sicherzugehen
so machen wir das im 21. jahrhundert, wenn wir unsicher sind
der test sagt ja
aber noch viel wichtiger ist
das ich ja sage
zu meiner lang geglaubten vermutung

---

denn was ist normalität
wenn nicht öde vorschriftsmäßigkeiten der gesellschaft
und wer will schon öde sein?

das gute immigranten-mädel

als ich morgens
den deutsch-lk-raum betrete
sprechen die anderen über integration
ich höre meinen namen

wissen sie
wer ein gutes beispiel für integration ist?
hatice

als ich an dem tag nach hause laufe
frage ich mich
warum mich diese aussage so trifft

es überkommt mich ein gefühl jämmerlichen stolzes
das die echten deutschen
mich, die fake-deutsche
als gutes beispiel anbringen
als vorbild gelungener integration

denn das ist, was ich bin
ein deep-fake, das gelernt hat sich anzupassen
bewegungen nur nachahmt
deutsche gesten abgespeichert hat

nur das türkische gesicht sticht heraus
das gesicht enttarnt mich
als ein fake

ein fake
in einem land
voller originale

germanische kulturübernahme II

als meine schwester geheiratet hat
war ich ihre trauzeugin
vor der trauung saß ich mit ihr
ihrem mann und dem standesbeamten zusammen

beim gespräch tat der beamte so
als wüsste er genau
wie wir unsere leben leben
als immigrant:innenund so
er kenne sich da mal wieder aus

weil
wir dürfen nicht vorher zusammenziehen
weil
nach der hochzeit muss meine schwester ein kopftuch tragen
weil
so ist das bei uns
er kenne sich da aus

warum muss ich mir immer sowas anhören?

ich möchte
das ihr basics andere dinge wisst
zum beispiel
wie es uns als deutsche in deutschland geht
die für euch
nicht wie typische deutsche aussehen

wie es ist
wenn wir als kinder
papierkram für unsere eltern erledigen müssen
weil sie nichts von unnötig komplizierter,
deutscher bürokratie verstehen

wie es ist
wenn wir von euch basics beschimpft werden
wir sollen wieder dorthin zurück
wo wir hergekommen sind

---

wenn ihr das wüsstet
wären unsere interaktionen in der echten welt
vielleicht nicht mehr so kalt
vielleicht hätten wir mehr empathie füreinander

ihr könntet ein gefühl für unsere sprachen entwickeln
anstatt sie auf schulgeländen zu verbieten
ihr könntet unsere religionen und feiertage zelebrieren
anstatt uns eure aufzuzwingen
ihr könntet uns kennenlernen
anstatt anzunehmen ihr wüsstet, wie die dinge bei uns laufen

denn was ist empathie
wenn sie nur für
gleichgesinnte empfunden wird

2020–2022

wenn deutschland ein horrorfilm wäre, könnte sich kein:er der zusehenden mit mir und meiner geschichte identifizieren.

wenn deutschland ein horrorfilm wäre, dann wäre ich der einzige diverse charakter, der zuerst stirbt, weil er weniger wichtig ist und keine beziehung zu den anderen, *w*eißen charakteren hat.

wenn deutschland ein horrorfilm wäre, dann wären alle jump scares sinnlos. ich habe schon damit gerechnet, das ich nicht lange überleben werde.

wenn deutschland ein horrorfilm wäre, dann wäre ich die merkwürdige, der kein mensch glauben möchte. wie kann eine junge frau auch irgendeine vorahnung haben?

wenn deutschland ein horrorfilm wäre, würde mir die polizei nicht glauben und deswegen nichts unternehmen.

wenn deutschland ein horrorfilm wäre, wäre die regierung ein starker gegner, der einfach nicht zu besiegen ist.

wenn deutschland ein horrorfilm wäre, stünde *cultural appropriation* auf der tagesliste.

wenn deutschland ein horrorfilm wäre, gäbe es irgendwo beweise für merkwürdige aktivitäten im land. jed:er wüsste davon, jed:er würde es dennoch ignorieren.

wenn deutschland ein horrorfilm wäre, wären frauen nur sex-objekte für männer. sie wären nur leicht bekleidet, während männer nicht einmal ihre nippel zeigen würden.

fancy vs basic

als ich an einem gedichtkollektiv teilnahm
besprach eines der gedichte die schuld
die *pandemie*-schuld

viele waren aufgebracht
und es folgte eine rasche entschuldigung des verlags
ein igtv-video-livestream
ein es-tut-mir-leid-das-ihr-so-sensibel-seid
ein warum-ist-es-immer-wir-vs-ihr

der verlag fragte
warum wir so sauer waren
und entzweiende gräben gruben

---

wenn ich auf mein leben zurückschaue
sehe ich diesen graben
der fancy von basic trennt

die box mit den schaufeln steht auf der basic seite
und ich beobachte euch fleißig beim graben

fleißig
wie es von *echten* deutschen erwartet wird

19.02.2020

hanau

hamza
so hieß der kleine bruder meiner besten freundin
als ich 9 monate in bayern gelebt habe

kaloyan
so hieß der vater einer freundin
als ich noch im kindergarten war

mercedes
so hieß die nette kassiererin
im türkischen supermarkt
die mir zerquetschte tomaten mitgab

fatih
so hieß der beliebte türkische junge
als ich in der schule war

sedat
so heißt mein vater
den ich nicht kenne und auch nicht kennen will

vili
so hieß der junge, der in der achten klasse an meine schule kam
und mich als erste in sein fußballteam wählte

ferhat
so hieß einer meiner onkel in der türkei
der in die familie eingeheiratet hat

gökhan
so hieß der lieblingsmusiker meiner schwester
zu dessen musik wir stundenlang tanzten

said
so hieß der große bruder
einer meiner arabischen freundinnen aus der moschee

---

19. februar
12:45 uhr
da hätte ich liegen können
oder

der kleine bruder
der vater
die nette kassierin
der beliebte mitschüler
mein vater
der neue
der onkel
der musiker
der große bruder

---

während wir angst haben
und um unsere lieben trauern
schreit ihr helau und allaf
als gäbe es was zu feiern

denn karneval ist euch wichtig
eine tradition
und genauso wie ihr an dem tag lebe wohl sagt
sagten es auch wir

vielleicht ist das auch alles
was fancy mit basic verbindet

lebt wohl.

16.07.2021

an meine hidschabis

als meine beste freundin in der sechsten klasse
mit einem kopftuch in die schule kam
sah ich die blicke der anderen

ich bewunderte sie
wie konnte sie so stark sein
und diesen blicken standhalten

ihre tage änderten sich
sie bestanden nur noch
aus einem steten erklären ihrer entscheidung
aus stetem rechtfertigen
aus stetem zerstören von vorurteilen

---

irgendwann wandelten sich die schockierten blicke
und füllten sich mit hass
bis ein junge ihr den hidschab vom kopf riss
und ihr dunkles haar für alle sichtbar wurde

als er lachte
und sie voller angst und scham
ihre haare bedeckte
änderte sich erneut etwas

ihre tage bestanden von nun an
aus steter vorsicht
aus dem beklemmenden gefühl
das ihre entscheidung zur verhüllung
andere belästige

---

seit diesem vorfall sind einige dinge geschehen

in frankreich gilt bedecktes haar
als zeichen des terrors
in österreich dürfen mädchen
nicht mehr über ihre kopfbedeckung bestimmen
und die schweiz verbietet das verhüllen in der öffentlichkeit
denn eine solche verhüllung sei extrem

und nun hat auch deutschland etwas bestimmt
hidschabis wie
meiner mutter
meiner schwester
und meiner besten freundin
die jobchancen genommen

versteckt hinter der phrase *neutralität am arbeitsplatz*
versteckt hinter dem wort *freiheit*

denn was ist freiheit
wenn nicht eine starre definition
der *w*eißen, basic masse

24.01.2022

halle

gestern wurde in halle geschossen
auf eine moschee
auf betende menschen

---

gestern wurde in halle geschossen
und kein mensch verliert ein wort darüber
keine tageszeitung covert den vorfall
auf social media posten nur wenige etwas darüber

gestern wurde in halle geschossen
und der täter wurde frei gelassen
anscheinend ist es nicht genug
auf menschen mit einer geladenen waffe zu zielen

stirbt keine person dabei
ist das alles gar nicht so schlimm

gestern wurde in halle geschossen
und ich habe angst vor deutschland
angst vor den basics
angst vor der polizei

---

gestern wurde in halle geschossen

was passiert wohl morgen?

was ist basic privilege?

basic privilege bedeutet sicherheit

basic privilege bedeutet schutz

basic privilege bedeutet keine angst auf der straße zu haben

basic privilege bedeutet, täter:in sein zu können, konsequenzenlos

basic privilege bedeutet »wirrkopf«

basic privilege bedeutet »psychisch belastet«

basic privilege bedeutet »einzelfall«

basic privilege bedeutet am leben bleiben

du hast basic privilege, wenn gesetze auf deine bedürfnisse angepasst sind

du hast basic privilege, wenn du dich
politisch raushalten kannst

du hast basic privilege, wenn du mit
beleidigungen um dich werfen kannst,
konsequenzenlos

du hast basic privilege, wenn du sagen
kannst, queere verwirren kinder nur

basic privilege bedeutet, mit allem
davonzukommen

basic privilege bedeutet große gefahr

basic privilege bedeutet hanau, halle,
rostock-lichtenhagen, solingen und mölln

basic privilege bedeutet mord
(aber nur für fancys)

05.02.2022

dilan

als ich einmal mit einer freundin aus der bahn stieg
und wir richtung bibliothek liefen
spuckte ein älterer, *w*eißer mann in unsere richtung

die spucke landete auf dem boden
direkt vor uns
und er beschimpfte uns nun zusätzlich
als *ausländerhuren* und *kanaken*

es war schon dunkel
und kein anderer mensch war vor ort
wir taten so, als würden wir ihn nicht hören
und beschleunigten unseren schritt

---

niemals hätte ich damals gedacht
das es mal wieder alltagsrassismus war
der mich und meine freundin traf

niemals hätte ich damals gedacht
das es immer noch menschen in deutschland gab
die uns nicht hier haben wollten

und niemals hätte ich gedacht
das dieser wunsch der basics bis heute noch besteht

---

dilan hat es auf den punkt gebracht
sie verbindet den tag
an dem sie von sechs erwachsenen verprügelt wurde
mit hass

und es ist auch ziemlich hässlich
mit anzusehen wie wenig vertrauen die polizei einer jungen frau
mal wieder schenkte

---

wie wäre es wohl gewesen
wenn dilan blonde haare
und blaue augen hätte

wäre deutschland dann weniger hässlich zu ihr gewesen?

wie wäre es wohl gewesen
wenn dilan ein *w*eißer mann
gewesen wäre

wäre deutschland dann weniger hässlich zu ihr gewesen?

wie wäre es wohl gewesen
wenn sie *kein video*
zur richtigstellung der verdrehten aussagen gemacht hätte?

wäre deutschland dann noch hässlicher zu ihr gewesen?

wie wäre deutschland mit sechs prügelnden erwachsenen umgegangen
die alle aussehen wie dilan?
alle aussehen wie ich?
alle aussehen wie die opfer
rechter gewalt?

---

was muss noch passieren bis basics
endlich konsequenzen
für ihre hässlichen taten tragen

wie oft müssen fancys noch
verprügelt, bespuckt und erschossen werden
an wie viele halles und hanaus
müssen wir uns noch erinnern
bis deutschland nicht mehr hässlich zu uns ist

und die basics endlich ihre rolle
der gefährlichen tät:erinnen übernehmen?

24.02.2022

ukraine

die schule, die einmal meine erstsprache
vom schulgelände verbannte
hatte auch einen ukrainisch-stämmigen mitschüler
in der parallelklasse

er kam von einer anderen schule
wo er sich wohl nicht unbedingt
vorbildlich verhalten hatte

als ich ihn kennenlernte, merkte ich
das er schlau war
er kannte sich mit geschichte aus
und war sehr selbstbewusst

---

irgendwann kam er nicht mehr zurück
aus den sommerferien
er war sitzen geblieben
und ging nun auf ein berufskolleg
um dort sein fachabitur zu machen

---

er war wohl nicht gut genug in deutsch

ist ja auch logisch
er kam erst vor vier jahren nach deutschland
sprach die sprache bereits fließend
aber das reichte anscheinend nicht
seine lehr:erinnen haben ihn trotzdem im stich gelassen

---

jetzt ist krieg in der ukraine
und ich frage mich
was dieser mitschüler gerade fühlt

ich hoffe nur
das er nicht noch einmal
im stich gelassen wird

speaking of ukraine

in syrien ist krieg
in afghanistan ist krieg
in jemen ist krieg
im irak ist krieg
es gibt noch so viele andere kriege

gestorben sind auch millionen
traumatisiert wurden auch diese kinder
ihr zuhause verloren haben auch diese
menschen
geflüchtet sind auch diese personen

eine journalistin wurde erschossen
ihr sarg wurde angegriffen
bist du nicht weiß, hast du keinen schutz
kannst nicht einmal im tod ruhe erwarten

statt solidarität
lässt europa diese menschen
im meer ertrinken
und redet von platzmangel

worüber europa nicht redet
ist der rassismus

denn das ist ein fremdwort

unfassbar, wirklich
blonde haare
blaue augen
menschen wie wir
nicht irak
nicht afghanistan
nicht syrien
kein dritte welt land
zivilisiert, wie wir
wertvoll, wie wir
eltern, wie wir
europäisch, wie wir
sehr emotional
undenkbar
in europa
so konfliktfrei
so wertvoll
so menschlich
so zivilisiert
wäre ja o.k. bei den anderen
aber europa
unfassbar

fancy worte verbasicen

worte wie

yallah
vallah
lan
moruk
amini koyim

klingen gar nicht mal mehr so asi
wenn sie aus basic mündern kommen

16.09.2022

hey,
ich bins. ich hab mir heute die haare abgeschnitten. ich hab das gefühl, das war ich jina und den anderen frauen auf den straßen schuldig.
denke ich rational über die entscheidung nach, meine haare zu kürzen, dann hat das gar nichts mit dem iran zu tun.
meine gründe sind vielfältig: die länge geht mir auf die nerven. ich brauche zu lange unter der dusche. sie sehen zu frizzig aus.
aber jina und die iranischen frauen bringen mich dazu, es impulsartig zu machen. mir egal, wie es aussieht.
ich mach es aber nicht selber, sondern mein partner hilft mir dabei. so wie in den videos aus dem iran, in denen männer frauen dabei helfen ihren hidschab anzuzünden und ihre langen haare abzuschneiden.
so mache ich es heute auch für jina.

manchmal weiß ich gar nicht, wie viele texte dieses tagebuch noch verträgt. es ist schon längst voll mit gedanken, als die femizide im iran stattfinden. aber ich kann nicht aufhören zu schreiben.

alles was ich habe, sind ein paar wünsche.
ich wünschte, die erde hätte einen tag pause. einen tag waffenstillstand.
ein tag ohne depressionen, ein tag ohne anxiety, ein tag ohne mein gehirn, das ständig denken muss.
ich wünschte, wir könnten einen tag mal menschlich sein.
aber schon das scheint utopisch.

wenn du das liest,
geht's mir immer noch so

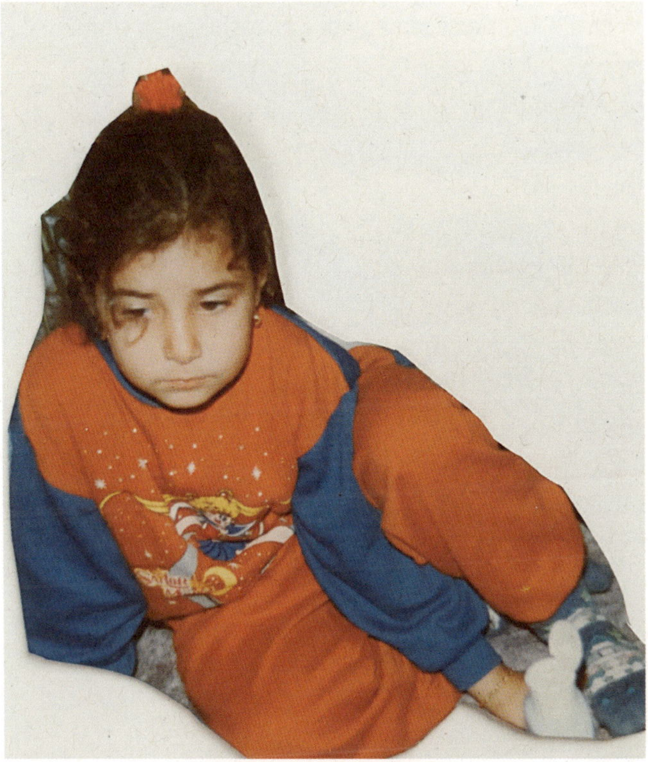

imposter syndrom (immigrant:in edition)

manchmal habe ich erfolg
mein hirn denkt sich dann immer eine sache aus
genannt
imposter syndrom

es sagt mir
ey du
du hast das gar nicht verdient
du trickst alle nur aus
du bist eine hochstaplerin
deine texte
sind scheiße

---

in letzter zeit
hat mein hirn
dieses denken erweitert

es sagt mir
das vielfalt & diversität
zum trend geworden sind
meine texte nur veröffentlicht werden
damit verlage und zeitschriften
ihr image aufbessern können

meine mutter würde sagen
das ich den raum von basics einfach einnehmen soll
das sie diese chancen nie bekommen hätte
ich solle dankbar dafür sein
das sie mich nicht zwingen, meinen namen zu verändern

fucked, schon wieder
wie viele diese denkweise akzeptiert haben

aber ich bin weder die vorzeige-immigrantin
noch ein basic token

---

ich bin eine fancy immigrantin
voll anxiety und depressiven phasen
und heute fühle ich mich wie ein imposter

wenn du das liest, versuche ich gerade darüber hinwegzukommen

liebes tagebuch,

als ich heute morgen aufgewacht bin, lag auf einmal schnee auf den straßen. kurz vor april. ich muss dir bestimmt nicht erklären, wie besorgniserregend das ist.
es ist außerdem ein tag, an dem ein weiteres transfeindliches buch erscheint und das auch noch bei einem großen verlag.
es ist auch ein tag nach einer nacht, in der ich unfassbar viele albträume hatte und aus angst mehrere male aufgewacht bin.

irgendwie muss ich diese gefühle abschütteln. aber immer, wenn ich kurz davor bin, sehe ich etwas in den sozialen medien, was mich wieder runterzieht. immer, wenn ich kurz davor bin, packt mich etwas in der magengrube und mir wird ganz heiß, weil ich vor irgendwas angst bekomme. die katastrophengedanken werden schlimmer.

und dann lege ich mich ins bett und versuche den tag zu verschlafen. und dann den nächsten. und dann den nächsten.

ziemlich anstrengend. manchmal habe ich sogar angst davor, was neues zu schreiben. oder auf mein handy zu gucken. oder nach draußen zu gehen.

wie schüttel ich so etwas ab? wie kann ich mich von diesen ängsten befreien?

ich hab darauf noch keine antwort. hilfst du mir bei der suche?

hatice ist nett.
hatice ist kreativ.
hatice hat schöne haare.
hatice ist intelligent.
hatice hat geschmack.
hatice ist intersektionale feministin.
hatice hat schöne augenbrauen.
hatice ist schön.
hatice hat die besten buchtipps.
hatice hat ein schönes lächeln.
hatice ist fleißig.
hatice ist lustig.
hatice ist inspirierend.
hatice hat empathie.
hatice setzt sich für andere ein.
hatice schreibt wichtige texte.
hatice ist einfühlsam.
hatice ist mutig.
hatice ist ehrlich.
hatice hat schöne nägel.
hatice weiß, wer sie ist.
ich bin froh, hatice zu kennen.

nachwort

hi. ich bins ein letztes mal, bevor dieses buch durch ist. dir ist sicherlich »der fehler« aufgefallen. ich hoffe, er hat dich nicht allzu sehr gestört. und wenn doch: tust du mir einen letzen gefallen und fragst dich warum?

ich sehe es so: vieles in der deutschen grammatik und rechtschreibung macht keinen sinn und erschwert das lernen der sprache. die wurde von irgendwelchen dudes erfunden, die sich komische regeln ausgedacht haben und wir hinterfragen diese alten regeln nicht mehr. aber vieles schließt marginalisierte menschen aus und ist diskrimmierend.

hast du schon mal eine diskussion in youtube-kommentaren verfolgt? rechtschreibung und grammatik sind dabei immer ein großes thema. denn nur menschen, die einen großen intellekt haben, können perfekt schreiben. das ist nicht nur gemein, sondern auch klassistisch. und ich möchte, das jede person meine texte versteht. diese unterteilung in intelligent und weniger intelligent: lass uns doch mal damit aufhören.

wusstest du eigentlich, das großschreibung einiger wörter wie *haus* oder *könig:in* wieder nur von irgendwelchen dudes erfunden wurde, die dachten sie wären besser als der rest? vielleicht kannst du dir jetzt erklären, warum ich alles klein schreibe. aber eigentlich gibt es dafür keinen triftigen grund. ich finde es so einfach schöner. zumindest ist es hier so. in anderen büchern (falls es noch mehr geben wird) hat das vielleicht sogar einen sehr entscheidenden grund.

---

wenn ich dich, lesende person, noch um etwas bitten könnte, bevor du dieses buch in dein regal stellst und nie wieder rausholst: lies die letzten seiten besonders aufmerksam. lies alle worte, die da stehen. diese worte zu skippen ist einfach, aber sie sind die wichtigsten.

falls die muskeln in deinem mund nicht auf einige dieser buchstaben trainiert sind, übe.

lerne, wie sie korrekt ausgesprochen werden. google die erste zeile. lies dir die artikel durch, die du findest.

bitte vergiss diese worte nicht. und vergiss nicht, das es noch viel mehr von ihnen gibt.

Marwa El-Sherbini
Süleyman Taşköprü
William Schenek
Rufus Surles
Mohamed Ehap
Armela Segashi
Can Leyla
Dijamant Zabërgja
Guiliano Josef Kollmann
Hüseyin Dayıcık
Janos Roberto Rafael
Sabina Sulaj
Selçuk Kılıç
Sevda Dağ
Melike Akbaş
Theodoros Boulgarides
Abdurrahim Özüdoğru
Semra Ertan
Shireen Abu Akleh
İsmail Yaşar
Arkan Hussein Khalaf
Halit Yozgat
Samuel Kofi Yeboah
Grigore Velcu
Eudache Calderar
Mehmet Kubaşık
Mehmet Turgut
Ramazan Avcı
Yeliz Arslan
Ayşe Yilmaz

Bahide Arslan

Oury Jalloh

Habil Kılıç

Enver Şimşek

Michèle Kieswetter

Amad Ahmad

Nguyên Ngoc Châu

Đỗ Anh Lân

Alberto Adriano

Gürsün İnce

Hatice Genç

Gülüstan Öztürk

Hülya Genç

Saime Genç

Qosay Sadam Khalaf

Walter Lübcke

Burak Bektaş

Françoise Makodila Landu

Christine Makodila

Miya Makodila

Christelle Makodila Nsimba

Legrand Makodila Mbongo

Jean-Daniel Makodil Nkosi

Monica Maiamba Bunga

Nsuzana Bunga

Sylvio Bruno Comlan Amoussou

Rabia El Omari

Frida Poeschke

Shlomo Lewin

Amadeu Antonio Kiowa

Dündü Satır
Songül Satır
Çiğdem Satır
Ümit Satır
Zeliha Turhan
Rasim Turhan
Tarık Turhan
Said Nesar Hashemi
Hamza Kenan Kurtović
Ferhat Unvar
Sedat Gürbüz
Fatih Saraçoğlu
Gökhan Gültekin
Vili Viorel Păun
Mercedes Kierpacz
Kaloyan Velkov

hatice sagt ganz oft danke

erst einmal bedanke ich mich natürlich beim gesamten team des verlags w_orten & meer. nicht nur für die gelegenheit, meine texte zu veröffentlichen, sondern auch für all die arbeit, die ihr mit euren anderen büchern leistet.

also: danke lann fürs nie-ausbremsen meiner ideen, danke toni für den austausch, danke marianne für die hilfreichen kommentare zum manuskript, danke zanko für alle tipps wegen der fotos.

ein riesiges danke geht natürlich an irem. danke irem, das du mir feedback zu meinen texten gegeben hast, mich immer bestärkt hast und NATÜRLICH für deine wunderschöne kunst. so toll, das dieses eine wort für dich großgeschrieben ist.

ich bedanke mich bei allen zeitschriften, in denen ich jemals abgedruckt wurde: danke an die literarische diverse, danke an yasemin altınay fürs immer zuhören, den tuerspion, kliteratur, transcodiert, seite 4 und danke an all die magazine, die es mittlerweile gar nicht mehr gibt.

vor allem bedanke ich mich bei den zeitschriften, die texte aus dieser sammlung erstveröffentlicht haben.

danke an kaffeeundkippen, die meinen text »deutschland gave me trust issues« am 14.04.2021 ins netz gestellt haben.

danke an die mosaik, die »an meine hidschabis« am 16.05.2021 erst im freiVERS und dann in der jubiliäumsausgabe veröffentlicht haben.

danke an das kiosk magazin, die den text »zwischen anna und ayşe« am 29.08.2021 in ihr regal gestellt haben.

und ganz ganz ganz doll bedanke ich mich bei der redaktion des schnipsels, ohne die diese sammlung gar nicht erst entstanden wäre. danke für den open call, der mich dazu gebracht hat über räume nachzudenken, danke, das ihr mich immer unterstützt und danke, das der text »fancy schmancy immigrants« am 12.09.2021 im schnipsel erscheinen durfte.

w_orten & meer –

Verlag für verbindendes diskriminierungskritisches Handeln

w_orten & meer ist ein Non-profit-Verlag. Bücher und Publikationen sind für uns eine wertschätzende Gestaltung von Welt. Wir verlegen Bücher, die zu intersektionaler Gewalt empowernde Perspektiven eröffnen und neue Ausdrucksweisen anbieten.
Der Verlag arbeitet sozial und ökologisch nachhaltig: bei der Herstellung und dem Transport der Bücher, beim Einrichten und Unterhalten des Büros und auf der Ebene der Bezahlung von Menschen, die an den verschiedenen Produktionsschritten für ein Buch beteiligt sind.

Weitere Informationen zu unserer Arbeitsweise sowie unser Gesamtprogramm finden sich auf unserer Webseite:
www.wortenundmeer.net